똥 묻은 詩

똥 묻은 詩

| 초판 1쇄 인쇄 | 2014년 10월 15일 |
| 초판 1쇄 발행 | 2014년 10월 20일 |

지은이	이 영 희		
펴낸이	손 형 국		
펴낸곳	(주)북랩		
편집인	선일영	편집	이소현, 김아름, 이탄석
디자인	이현수, 신혜림, 김루리, 추윤정	제작	박기성, 황동현, 구성우
마케팅	김회란, 이희정		
출판등록	2004. 12. 1(제2012-000051호)		
주소	서울시 금천구 가산디지털 1로 168, 우림라이온스밸리 B동 B113, 114호		
홈페이지	www.book.co.kr		
전화번호	(02)2026-5777	팩스	(02)2026-5747

| ISBN | 979-11-5585-385-6 03810(종이책)   979-11-5585-386-3 05810(전자책) |

이 도서의 국립중앙도서관 출판예정도서목록(CIP)은 서지정보유통지원시스템 홈페이지(http://seoji.nl.go.kr)와
국가자료공동목록시스템(http://www.nl.go.kr/kolisnet)에서 이용하실 수 있습니다.
(CIP제어번호 : CIP2014029590)

똥 묻은 詩

똥 싸느라고 생했다
비워 내느라 아팠을 거야
무른 똥 중에서

이영희 시집

북랩 book Lab

서문

어릴 적에 크게 아파 배를 두 번 열었는데
한동안 허리를 못 펴고
몸을 둥글게 말아 땅에 의지하고 다녔다.
뜀박질은 못하고
방구석에 배 깔고 누워 끄적거리며 노는 적이 많았다.
구부리고 보면 작은 세상
연필 심지 누르며 또박또박 써내려 간 것이 무엇이었는지
그 시절 희미하나 아직도 그 기억에서 서성거린다.
내 것이라 믿었던 작은 우주가
고운 옷 입고 고운 걸음으로 찾아오는 것만은 아니었으니
술로 쓰고 술로 읽는 것이 뜨거운 위로가 되는 세상에
시를 쓰는 일이 어찌 소주 한잔만 하랴.
어려운 말로 잠그지 말고 헤퍼질 필요가 있겠으니

쓰임새 있기를
도자기가 아닌 밥그릇이 되기를
문학이기 이전에 삶이기를
나 또한 독자로서 바란다.

부연하자면
2000년부터 현재까지 쓴 시들을 모았다고는 하나
대부분의 시가 20대 중후반에 쓰인 것들이다
버리지 못하고 가져온 것이 하필 바람이고
청춘이다.

생각의 터전을 마련해 주신 부모님과 가족, 친구들,
출간에 도움주신 북랩 김회란 님 이하 모두 감사드린다.

2014년 가을

이영희

차 례

똥 물은 詩

염 병

참으로 염병이다
앉지도 못하고
눕지도 못하고
밤낮 뒤꿈치 들고 뛰기만 하는
고요에 지치고 안식에 사나운
통풍이 들지 않고
고독이 새치기한 가슴이다
찬물에 멍이 들고
이불 쓰면 도망가고
음악도 잠을 자야 하는 시간에 벌컥벌컥
술을 푸고
온몸에 벌겋게 회초리를 맞는

두근두근 고막이 터지고
그리움에 억장이 무너지는

가려움

참을 수 없는 것 중 하나가 이것일 게야

오른손으로 왼쪽 등을
왼손으론 오른쪽 등을
닿지 않는 곳 빼면은 많지도 않거니
긁어도 긁어도
등짝에 줄이 생기고
구석구석 팔을 꺾어 방정으로 긁어내려도
어디 한구석 길이 뚫리질 않으니
분명 내 몸일 터
내 몸이 아닌 것처럼
비밀스럽게 소곤대는 것이 핏점으로 남아
손을 놓게 만드는구나

가려운 곳이 어디 등뿐이랴

머릿속에서 벌이 날고
마음도 때로는 가려우니
내가 내 속이 아닌 것처럼 시원스레 긁어내지 못할 것이
이리 많았는가
아니 긁으면 더없이 가렵고
핏대 세워 긁어내려면 남의 속마저 파고들어
쓰릴 터이니
손발에 칼을 달아 긁어낸들
효자손이 있다 한들

가려운 속을 어찌 정직하게 긁어낼 텐가

남의 집 화장실로 들어가는 젊음에게

내 청춘은 노상 남의 집 화장실에서 볼일을 본다
변비까지 수작을 건다
가슴은 벌떡 서고 하품만 뻥뻥 난다
좌변기에 앉았어도 다리품 파는 마음
똥을 훔치러 왔겠는가
왜 이리 발이 저린 것이냐
지루하고 긴 싸움에 생각을 괴고 앉았는데
변기 물 내려가듯 싸-하게 트이질 않고
밖에서 인기척이라도 두드리면 볼일이
별 볼 일 없어진다
변기에는 식구 수대로 몇 번이나 앉았다 일어섰나
치질은 없는가
수건에 코는 풀지 않았는가
의심은 변비처럼 끙끙 앓고
불안은 화장실 문을 뚫는다
내 집처럼 마냥 앉아 있을 수야 있나

변비 할애비가 와도 일어서야지
내 집 아닌데 물은 꼭 내려야지
귓구멍에 쌓인 시간 치우고 노크 소리 들어야지
평상대로 비워 줘야지
화장실을 나가서는 손님처럼 깔끔 떨다 가야지
묵직한 변이 우려낸 차를 마시면서 희끗한 담소를
몇 가닥 뽑아야지
칫솔아 치약아 수건아 변기야
화장실에서 무슨 일이 있었는지 집주인에게
알리지 말라

그러나 언젠가는 다시 들어가고 싶을지도 모르겠다
싸-한 욕망이
볼일을 못 보고 내려갈지도 모르겠다

잘 익은 고기 한 점

집에 왔습니다
그동안 굶고 살았을까 싶어
고기 사오신 아버지
그 육질이 두껍습니다
객지는 너무 뜨거워
타지 않으려고 몸을 뒤집는 동안
잘 익은 고기 한 점 먹고 싶었습니다
냄새에 몰려드는 적

익을 생각을 않고
익을 생각을 않고
가만 익게 내버려 두지 않고
나는 자꾸 뒤집어지기만 합니다
성급함이 나를 태우기 전에
불을 줄이라는 말씀
외롭고 더 외롭습니다

아버지를 불판 위에 올려놓습니다
아버지가 익었는지
고기가 익었는지
내가 먹는 게 고기인지 아버지인지
앉은 자리가 뜨겁습니다

'불판 좀 갈아야겠다'

아버지가 나를 끌어 내립니다

똥 묻은 시

어릴 적 뒷간이 무서워
밤에 똥이 마리면 나는 시를 썼다
끙끙거리며 참는 중에
환한 대낮을 시로 썼다
낮에 먹은 하늘이 똥으로 나왔다
낮에 먹은 구름이 똥으로 나왔다
똥 같은 교실, 똥 같은 운동장, 설사 똥 같은 친구들
똥 묻은 유년은 꽃길 사이로
향기에 취한 듯 똥을 누고
내 작은 몸째 '뿌지직' 쏟아질
더운 똥이 되고도 남았다
냄새 씻고 나니 어느새 서른
내 마음의 뒷간에 똥차 지나간다
똥을 푸고 더 깊어진 똥통
먹고 싸는 일만 남아
어머니 아침상 들이밀고 -애야, 똥 먹어라

끄-응 끄-응
콩자반만 한 똥이 입에서만 떨어지고
똥을 먹고도 똥을 못 싼다

선인장

너를 뜨겁게 껴안고 싶었다

알몸으로
아무것도 걸치지 않은 마음으로

상처를 입을지라도
한번쯤은
크게 울어도 된다고 생각했다

그러나
너를 껴안을 수 있는 건 너뿐이었다
나를 껴안을 수 있는 건 나뿐이었다

나는 네게 장미이고 싶었으나
너는 내게 사막이었다

질경이

이놈의 질긴 팔자 뙷!
삶에서 캐낼 수도 없었더라
일만 많고 공 없는 맏며느리
아들 못 낳고 구박 낳았다고
웬수 같은 하늘이
웬수 같은 하늘이
질경이처럼 낮게 엎드려 있던 마음이-

들과도 친해지더라
함지박에 잘도 잡아들인다
맛있더냐
더 먹을 테냐
늙은 얼굴에 잔치 열렸다
다이아 캐듯 신이 나서는 질경이 캐낸 자리에
하늘을 옮겨 심는다

-지난해 모조리 캐낸 듯싶더니
금년에도 지천이구나
절망도 희망도 여러 해를 살아
그 바닥을 볼 수도
삶에서 나를 거둘 낼 수도 없는 거라

때로는 먹을 수 없는 것들까지도
캐내야 할 때가 있는 거라고
그녀의 손이 나를 캐내 주었으면 하던 때가 있었다
내 영혼은 한해살이풀과 같은 것이었다
그러나 이듬해 나는 다시 자라 있었다
땅 속 줄기 하나 남아 있었다

연
-신발끈-

매듭을 짓자니
한쪽 끈이 짧다

저 끝에서 기어 올라와
얼굴 전부를 굴러
숨구멍 하나 빼놓지 않고
손님은 그만 가라는데

첫날밤 옷고름 풀듯
쉬이 풀려서는 안 되고
풀리지 않으면 그 더욱 안 될 것이

노인
-아침-

밤새 안녕하셨는지
그래도 아침이라고
장롱 옮기듯이 일어납니다
볕 좋을 때 널어야지
세숫물에 얼굴을 꼭 짭니다
시어빠진 김치 뭬- 맛있다고
꺼이꺼이
곡하고 넘어가는 조반

나는 너무 익었어-
간이 배기도 전에 해를 베고 누웠구나
구석구석 젊은 먼지 하나 없으니
곧장 쓸어버릴 것이 나여 허헛!
얼굴에 불이 꺼집니다
모른척하고 이쑤시개를 꺼냅니다

그러지 말고 양치질을 하세요
모조리 쓸려 나가잖냐

입 쩍 벌리고
잇새에 낀 것을 쑤셔 파내는데
이승에 박힌 것이 빠질 줄을 모릅니다

장마

말로는 다- 하였다

인생은 너무나 수다스러웠다고
하늘은 입을 다물지 않는다

사랑한다 그립다 말마라
저렇듯 퍼부어야
비로소 한마디를 듣는다

아낌이 없었노라
다- 퍼주고 난 침묵은

아주 개 같은
개같이 짖는구나

밥

하루 세 끼 밥을 먹고사는 일
성찬은 배가 터지도록 젓가락이 요란하고
빈찬은 구깃구깃 소여물 넘기듯 넣어준다
된밥은 한통속이 아닌 듯 입안에서 멋대로 구르고
진밥은 목구멍에 들러붙어 갈 길이 멀다
제대로 된 밥상에 임금처럼 앉았다가도
서툰 젓가락질에 생선의 고른 뼈가
떠넘기던 찌개 국물이
밥상머리에 시종이 되어 흩어져 있다
검은 솥에 눌러앉은 누룽지를 과자처럼 부시럭 부시럭
소리 내어 씹는 맛이어도 좋겠고
잘 달여진 숭늉처럼
보약으로 넘기어도 좋겠다
살다 보면
밥 먹듯 살다 보면
내 맘 아닌 된밥도 먹게 되고

질척이는 삶을 짜증으로 넘길 때도 있더라
상위에 떨어진 밥알 몇 개가 생각을
어지럽히기도 하고
눈감고 먹는 생선처럼 가시를 발라내지 못해
답답할 때도 있더라
때로는 누룽지 긁어내며 속풀이도 해야 하고
숭늉 끓는 동안 진득하니 기다림에도 익숙해야 하고
뜨거운 국물을 '시원하다' 넘길 줄도 알거니
밥이란 먹어도 먹어도 진력내지 않고
먹어 주어야 하는 것

삶도
그처럼 끝까지 가야 하더라

희망
-개똥이-

이름대로만 산다면
아무 바랄 것도 없는 개똥이
치우는 데 애쓰지 말고
오래만 살아라
이름 석 자 물려주고 횅하니 비어버린
없이 사는 집에 널려 있는
개똥이
사람들 재미삼아
개똥아! 개똥아!

누가 아프다면
'개똥이 집에 없네' 깔깔깔
김이 모락모락
'개똥이 인물 나네' 깔깔깔

밥에 비벼 한 술 떠먹이고 싶은
대낮같은 얼굴들
빗장으로도 잠글 수 없는 개똥밭
향기로운

아무렇게나 굴러 다녀도
밟으면 큰일 나는 줄 아는

빗소리

비가 소리를 내는 것은
어딘가에 닿기 때문이다
나뭇잎에 지붕에 땅에
지들끼리 눈 맞추다
엉뚱한 귀로 들어간다
내 기도는
수년을 하늘에 닿고도 기침조차 하지 않는데
생에 닿아 하루도 조용할 날 없는
성가신 마음 하나
젖은 공중에 떠 있다가
저린 손 주무르듯 진득하게
달래어 본다

꾹꾹 눌러서
참고 참아야만
터져 나올
세월

죽으러 가는 사람처럼

나는 죽으러 가는 사람처럼
너에게 간다

유서처럼
성급함이 없이 너의 뒤를
쓸고 간다

죽으러 가는 사람에게는
치장도 무의미하고
생각도 덧없다

오직
잃어도 좋을 마음으로만

죽으러 가도 갈 수만 있다면
만 번을 죽어도 아깝지 않다

구름

하늘에 크게 엎어지고도
대수롭지 않은 듯 점잖게 일어선다
단정치는 않아도 풍채는 있고
모자란 듯 보여도 남음이 있다
거침이 없으나 고요하고
대쪽 같으나 때로 익살스러워
처녀 여럿 몸살 나게 하는
필시 양반집 자손일 게다

손가락으로 찍어 먹어 봐야 속을 알까

시치미 뚝 떼고
딴청이 기가 막혀
사는 일 뒤숭숭 하야
올려다보는 일이 잦아
누구 복장 터져 죽는 꼴 보려는지

채신없이 해는 바뀌는데
양반체면에 뛰지는 못하고
팔자걸음에 뒷짐 지고 에헴에헴
헛기침으로도

가고자 하면 닿는 것이다

부고

이웃에 누가 죽었답니다
육십 한 살에 병으로 죽었답니다
젊은이 죽었는데 뭣 하러 가
그러치 그러치
마땅히 그렇지
팔구십 먹은 노인들 마을 어귀에 모여
한 소리씩 합니다
남 일인 듯 뒷짐 지고 딴소리합니다

먼저 와서 먼저 못 간 게
뜨끔한가 봅니다

인절미

콩고물 떨어진다
얌전히 먹어라

접시에 툭툭 털어
바삐 입안으로 숨겼어도
바닥에 콩고물 떨어진다

먹은 자리 쓸다 보니 알겠다

사는 건
내 부스러기 주워 담는 일
옮기고 치우는 일

얌전히 살아라
인절미 한 개에도 목마르다

4월의 목련

더럽게 지는 목련아!
더럽게 지는 목련아!

한 송이로 피어 무더기로 지는 사랑아!

이따 나 좀 보자
내일 또 보자
눈두덩이가 수북하게 부어오른다

해를 밟고 피는 목련아!
울컥 터지는 청춘아!

하루는
하루보다 길다

삼십대

너를 쏟았다
내 부주의로
시간은 나를 지켜 주지 않았다

얼룩지지 말아야지

삶이 쏟아진 자리에
여전히 말끔히 닦이지 않는
어머니
나를 엎지르고
허리 펼 일 없으시고
잔에서 쏟아진 나는
바닥이 개운치 않고
고단하게 스며든다

효자손

낡고 싶어 환장한 몸
고운 길은 가지 못하고
가려워 못 견뎌도 방방 뜰 기력 없는
밧줄이 풀리고
무너진다 해도 아깝지 않은
성한데 없이 사나운 미련
뉘 자장가에 잠이 들지
장님 세상 구경하듯
닿지 않는 곳에 악쓰지 못하고
칼을 쥐었다 놨다
박박 신음하는 열망

- 성질대로 낡고 싶어!

들키지 않고 장사할 수 있나
비명에 보내고 싶은
손에 잡힌 가려움을 등쳐 먹고살자는데
팔 짧은 서방 부당한 재물을 긁듯

고운 길은 가지 못하고

파리

상을 덜 닦았나 보다
밥 먹던 자리에 파리가 꼬였다
사지를 껄떡이며 눈알을 놀리면서
좌에 번쩍 우에 번쩍한다
철썩 소리가 나도록
바닥에 넙죽하게 들러붙도록
몽둥이로 때리고
칼로 찍어 죽여도 시원찮을 파리
유산 포기 각서를 쓰듯 닦았다가는
칠칠치 못한 눈이
마음이 괴롭다
본시 서툰 젓가락질이라
흘릴 것을 미리 두고 밥을 먹나니
놀란 젖가슴 쓸어내리듯 닦아야 할 것이
밥상은 아닐 거다

엿으로 바꿔 주세요

바닥이 본심인지
삐딱하게 앉아서는
바람에 걷어차이고
사람 눈에 쫓기고
물 한모금도 온전하게 담지 못하는
구멍 난 양푼 하나
담아 먹지 못할 그릇
닦고 싶지도 않다고
헐기 시작한 것은
자꾸만 헐어 가고
세월이 암만 잘났어도
사기가 되지 못해
부엌에서 내몰린 변변치 못한
뒷방마누라

풍 맞은 노인처럼
여러 사람 성가시기 전에
개밥 그릇도 못되는 주제를

엿으로 바꿔 주세요

삶이 빗질한 자리

머릿니 잡아 봤는가
2절지 달력에 고개를 넘어뜨리고
촘촘한 참빗으로
정수리부터 밑동까지 참하게
쓸고 내려와 봤는가

있는 속 없는 속 샅샅이 들춰내서
더는 오갈 데 없어
후둑후둑 떨어지는 머릿니
나 살자고
꾹 눌러 죽여 봤는가

두 눈 칼 같이 뜨고 미친 듯이
밤을 긁어 봤는가
오장이 찢기도록 속을 건드려 봤는가
가슴 닳도록
사람을 빗질하여 보았는가

부슬비

나는 맞아도 맞은 줄 모르고
너는 때려도 때린 줄 모른다

연약한 꽃이나 흔들 줄 알았으랴
잔가지나 축일 줄 알았으랴

주정뱅이의 술잔이다 부어라
흠씬 두들겨 다오
피가 돌게 해다오

나 죽어 비 그친 뒤 젖은 풀로
다시 솟게 해다오

어쩌란 말이냐

어쩌란 말이냐
쏟아낼 말들은 장대비처럼 굵어지는데
요놈의 입은 고드름 되어
겨우내 녹아내리지 않을 것이니

어쩌란 말이냐
동상 걸린 마음은 꿈쩍을 않고
다리는 굳어 방안에 접었으니
어쩌나

입은 쏟아내지 못해 비석이 되고
시린 가슴은 빙산에 갇혀 원망이 되니
못다 한 말들
못다 준 사랑의 아쉬움이
천하를 뒤흔드는데

한숨으로 끊은 목숨
이를 어쩌란 말이냐

만개滿開

그 해 기억의 끝물
더위가 쩍쩍 갈라지는
당진 계곡 아래
내 몸을 빠뜨렸습니다

발이 닿지 않아도 시간은 갑니다

그대
내 속에서 무사합니까

목욕탕에서

늙으면 다- 늙는 거다
엉덩이도 늙고
발가락도 늙고
배꼽에서 열매 딴 지도 오래다
손에 든 바가지도 기운 없단다
벗겨낼 만큼 벗겨낸 세월에
거품 물고 자살하는 비누
물 철철 넘칠 때 있었다고
오래 끓여낸 시간이 때처럼 쏟아지는데
더운물 쏟고
찬물 꼭 끌어안게 만드는
앉았어도 반은 서 있는 인생
주섬주섬
버릴 것 하나 없이
챙겨 나간다

청춘

날이 좋으니 마당이 아깝다
숯불 피워 고기 구워 먹자
숯이 남았으려나
고기는 몇 근이나 사 올까
애들도 다 집에 있지?
부산떨고 가족 모으는 사이
언제 그랬냐는 듯
마당이 도망가는 소리가 난다

흐득 흐득
흐드드드두득

이런 육시랄
잡으러 갈 새도 없이
빗줄기 들이퍼붓는다

아깝다 아까워 죽겠다

콩밥

보기 싫은 시어머니 눈앞에 태산이라고
고운 얼굴에 팥죽 쑤듯
눈으로도 뱉어낼 콩
배가 곯아 배 밖으로 침이 새어 나온들
덥석 물어뜯을 수 없으니
가난이 섞여도 이보다 싫을까
대문 걸면 담으로 넘어오고
사랑방 차면 안방으로 건너오고
괴로움 한 접시에 수다가 열 그릇

어머니
싫은 것도 먹어야 하나요?
문을 닫으려면 열어야 하고
보지 않으려면
먼저는 떠야 한단다

우주를 담아도 밥 한 공기
치수가 모자라도 밥 한 공기
엉덩이 요강에 걸치듯
탈 없이 순조로운 인생이
저 좋은 것만 먹자고
콩을 골라내는 하루

그림은 붓으로만 그리는 게 아니다

밤하늘을 눈으로 할퀴고 나니
달빛이 쏟아지더란 말이지

너희의 피 한 방울도 안타까워서
몇 놈은 잠을 자지 않는 게야

칼은 내가 쥐고 상처가 깊었는지
말로는 못하고 입만 벌리고 섰다

아아

그림은 붓으로만 그리는 것이 아니다

찢어진 청바지

할머니는 반짇고리 움켜쥐고
찢어진 청바지
역정으로 꿰매기를 수십 차례
남부끄럽다시며
일부러 찢어낸 구멍마다
넘기지 못할 꾸지람을 먹여 주신다

할미 그러지 마오
무릎에 바람 찰 때 느끼려오

내 숨통 끊지 말고
손이 아쉽거들랑 철사줄로
봄이나 불러다 꿰매주오
사랑이나 찾아다 꿰매주오
무르팍이 시리도록 알고 가려니
넘어졌다 여기고

상처 입은 흔적이라 알고

넘어져도

넘어진 줄 모르고 살게 해주오

사람 끊는 게 술 끊는 것만 하랴

마셔도 미치겠고
마시지 않아도 미치겠다

사랑해도 미치겠고
사랑하지 않아도 미치겠다

잔이 쓰지 술이 쓴가
내가 쓰지 술이 쓴가

아픈지도 모르게 오고
나은지도 모르게 간다

떠나지 않아도 여행이고
멀리 떠나 있어도 내 속이다

사랑 없이는
밥 한술을 못 뜨는 그대

술을 마시고
사람은 마셔 버리지 마라

무른 똥

어머니 무릎을 베고 귀 파달라 조릅니다

-똥 나왔다
귓구멍에서 큰 똥 나왔다

귀를 당겨 뒤지면서 내 속으로
깊이 들어가는 어머니

똥은 내가 싸는데
어머니가 힘을 줍니다

-침침하니
잘 뵐질 않는구나

시간이 가라앉습니다
마음이 불어납니다
배 한 척 뜨겠습니다

-똥 싸느라 고생했다
비워내느라 아팠을 거야

미련

수년 동안 바느질한 손은 바늘이 된다
끝낼 수 없는 것은 시작하지 말아라

갖고 싶은 것을 갖지 못한 마음

콧구멍 쑤시듯 닦아도
뒤가 찜찜한 것이
영 개운치 않다

파내자면 끝이 없고
깊숙이 묻어 두어도
기어이 들켜 버리는

입맛 다시고
안달나고
옴싹 달라붙어
패대기칠 수 없이

덜 가져와서 고달프고
더 가져와서 고달프다

고깃집에서
-구멍 난 양말-

고기 한 점 맘 편히 못 먹었다

지글지글
발가락이 구워진다

왜 하필 엄지발가락인지

뉘우칠 일
크다

차마 고개를 못 들고 꼼지락거리다가
더 큰 구멍을 냈다
애당초 씌우고자 한 것이 잘 못이다

살기가
발가락 하나도 부끄럽다

걱정

가슴에 극성맞은 애 하나 들어섰다

쿵쿵 뛰댕기고
조르고 칭얼대고
흘리고 엎어지고
온갖 횡포 다 부리고
정신줄 쏙 빼놓는
한시도 가만있질 않아
신경 곧 세우고
어르고 달래도
우르르 쾅쾅
하루에도 몇 번씩 울어 재끼는지
그 속을 봐도 모르고
안 보면 더 모르고

내 마음의 청평사

세상이 쾅! 문을 닫고 나가 버린 곳
풀 한 포기도 경망스럽지 않고
돌멩이 하나도 얌전히 구르는
훔쳐 갈 것이라고는 없고
훔치지 않을 것이란 더욱이 없이
장님을 홀려 눈알을 빼가고
꼭꼭 숨어도 마음이 들키는 죄
사내 몇 놈이 힘을 못 쓰고
새들이 기침으로만 들었다 놨다 하는 저 풍경이
방귀 한번 뀐다고 찡그릴 테냐
계집을 앞에 두고 오금이 저릴 테냐
욕심을 양껏 푸지 못하고
뒷간에 똥이 웃어 넘친다
붙잡지 않으면 잃을 것도 없다고
그저 두고 보는 것만이 일이더라

꿈

주머니에 손을 찔러 넣었더니
가슴이 찌르르릇 한다

철은 들었는데 곳간은 비어
형편대로 살자니
성에 안 차

어슬렁 벌어 악착같이 쓰고
내일 먹을 밥
오늘에도 푼다

빚은 늘고 세월은 줄어
번듯하지 않고 염치가
천근만근

바람이 철썩철썩
호되게 꾸짖는데
맨주먹 불끈 쥐고

돈 벌러 나가듯이
돈 벌어 온 듯이
낮잠 자러 간다

국수 먹은 배

쉬- 꺼진다
밥처럼 든든하지 못하고
쉬- 꺼진다

먹는 중에 꺼지고
삶는 중에 꺼지고
반죽을 치는 중에도 꺼진다

왜

남의 잔치에 갈비 뜯어먹듯 열성으로 타지 않느냐

심각한 변

이게 말이지
힘들면 힘들다 누구한테
도움을 청할 수도 없고 말이야
작정하고 덤벼들면 더 많이 얻어터지고
먹는 족족 쌓이기만 하는데
부지런히 저축할 일은 아니란 말이지
얼마큼 먹어야
내 전부를 비울 수 있는지
껴안을수록 멀어지는 게 욕심이라고
속을 함부로 건들자면 끝이 없겠으나
나이 먹고 몇 가닥 고대하는 일 중에
그래도 한 번은
크게 호통 치는 날 오리라는 거지
부처님 자리 털고 일어나듯 어마무시한 똥이
삶 그득 자비로울 테지

배 아파 뒹구는 일 많고
죽어서도 애쓸 일 많아
마음을 기차게 밀어 내기란 어려우니
수일에 한 번씩 더는 담을 곳 없어
안간힘으로 쏟아지는 날에도

덜 싼 듯
그 마음에서 뜨지를 못한단 말이지

껌

뱉어야 할 것이 저도 모르게 목구멍으로
넘어갈 때가 있다

만신창이가 되도록 밟고 지나가도
이를 악물고
고무처럼 단단해진 껌
풍덩풍덩
어금니 단물에 빠져 놀다가
마지막에 남는 것은 항상 싱거웠다

조금만 더 사랑하자
조금만 더 사랑하자
놀던 계집 논 듯이나 싶으냐
네 감싸줄 종이 한 장 없다
건달 욕지거리 뱉듯 함부로 뱉어내도
버릴 것은 버려야 한다고

욱신거리는 아픔을 기억하는 것들이여
해를 넘지 말아라

김장독

어머니 배추 기죽이는 일
열심이시다
배추농사 실하다고
이집 저집 김장해서 파시느라
고춧가루된 어머니
일생 찬바람 들어 벌겋다
이게 삼만 원 어치다, 시며
쓴웃음 버무리신다

에구 내 새끼들
소금에 절여 놓은 배추처럼 숨죽이고 있구나

나는 속이 비었어도 무겁다
속이 비었어도 배가 부르다

겨울나무

아무도 줍지 않는 매운 바람을
저 혼자 갖는 겨울나무야

추위도 벗을 수 있는 삶이구나

고독

콧구멍이 간지러울 때
너는 혼자 있어야 한다
손가락 굵기만큼 콧구멍이 벌어지고
얌전한 얼굴
빵구 난 양말처럼 우스워지니
너는 절대 혼자 있어야 한다
그러고 보니 콧구멍이랑 손가락만큼
다정한 사이도 없네
네 콧구멍을
다른 이의 손가락이 후빌 수야 있나
늘 가까이에서 잽싸게 후벼주고
아무리 굵어도 제 콧구멍에는 들어가니
코딱지 옷에 쓱쓱 문지르듯
격 없는 사이 아닌가
나도 네 콧구멍이랑 친해지고 싶다
그러다 네 콧구멍이 간지러울 때

혼자 있는 틈을 타
나만이 자랑스럽게 콧구멍을 질러
가슴까지 후벼놓을 테다

밥 먹다 이 깨졌다

다행으로
보이는 이 아니고
보자고 해야 보이는 이다

아랫니 중앙에서 우로 네 발짝
제대로 씹는 자리 아니고
어금니가 씹을 때
얼결에 붙어먹는 자리

시리고 허전해
자꾸만 혀끝으로 비비적거리고
쌀 한 톨 떨어져 나간 자리 달래 주느라
우로 씹던 밥 좌로 씹는다

돌이라도 씹었으면 옳다구나 하지
고기라도 씹었으면 억울하지나 않지
얄팍한 주먹질에도
대체 무슨 맘 먹고 나가떨어지는지

먹고 사는 일, 대단하다
웃었다

노인

-콩 까기-

구들장 지고 앉아 콩을 깝니다

손톱 밑이 시커매지도록
세월은 지나고 나면 한 됫박이지

기다리는 일 말고는 딱히
할 일도 없어

방바닥을 딛고 일어서려다
고대로 주저앉아

다시 콩을 깝니다

짚신

허구한 날
여민 가슴 닳고 닳아
한세상 몸 바쳐
꽃신 찾아 나서는 길
내 꽃신 찾아

이깟 지푸라기
불구덩이에 쑤셔 넣고
우물 안에 던져 넣으리라
나 짚신이었노라고
재가 될까 두려워
땡볕에도 가지 않고
썩어 문드러질까 두려워
목마름도 참아가며
한평생 그지없이 돌아왔노라고
내 꽃신 찾아

이깟 지푸라기
불구덩이에 쑤셔 넣자니
인생이 목마르고
우물 안에 던져 넣자니
인생이 젖었어라
꽃신 되어 돌아오는 길
그 무게가 가슴을 짓눌러
내 짚신 생각에 한참을
허기졌어라

칼

양지머리 우둔육 소접살
소 한 마리 해치우는 건 일도 아니요

작정하고 노려보자면
남의 집 금덩이도 꿀꺽!

이를 갈면 갈수록
인정이라고는 없이

도마 위에 드러눕는
질긴 인연

단숨에 탁탁 내치며 산다

밤서리

내 머리 밤톨만 할 때
동네 애들 네댓 명 모이면
밤 털러 동산을 올라 다녔다
큰놈들은 까치발 들고
작대기 휘두르고
작은 놈들은 땅에 떨어진 밤송이 줏으려
굽실거렸다
잘 여문 밤송이는 죄다 벌어져 있어
발로 문대면 꽉 찬 속 드러내는데
살벌한 가시 치워내고
알맹이만 쏙 빼내는 기분이 꽤 쓸만하여
주머니가 불룩하도록
나이만큼 쑤셔 넣었다
우리도 다 자라서
키 큰 나무에서 내려와
가슴 쩍 벌리고 나뒹구는데

주워 담을 수 있는 세월이 어찌 올까 싶어

하루가 무거운지

허리가 자꾸만 아래로 굽는다

껴안는 바닥은 따뜻하네

사람은 하늘보다 바닥에 가깝다는 걸
배 아파 뒹굴면서 알았네

가슴이 수만 번 바닥을 쓸고
그대 어려운 걸음 하셨네

청춘은 폭풍처럼 무거웠네

하늘은 닦지 못하고
바닥에 윤이 나도록 마음이 뒹굴었네

따뜻하네
껴안는 바닥은 따뜻하네

화수분

쌀 한가마니 못 들어도
일평생 자식은 들쳐 업는
부모를

힘이 장사다 할 겐가

만두

속을 꽉 눌러 채우면 터지고
속이 모자라다 싶으면
씹는 맛이 영 덜떨어진 반죽 같으니
배 곯듯이 넣어서도 안 되고
배 불려서도 안 되고
숟가락으로 재서
속을 알맞게 들어 앉혀야
고운 태가 잡힌다

사는 욕심이야
하루도 숟가락 놓는 일 없으니
가슴에 밥그릇 하나 넣어 둬야지
뚜껑 있는 밥주발 넣고
가슴 아랫목에 품어
뜨신 밥
딱 한공기만 먹어야지

늙은 오이생채

누리끼리한 게
때깔 참 우중충하다
반으로 쪼개서
속 먼저 긁어내고
먹기 좋게 썰어서
소금 뿌려 재워두고
속살에 물 배어 나오면
물기 꽉 짜서
갖은 양념으로 멋을 내고
야무지게 비벼서
한 그릇 뚝딱
한 끼 먹을 양만 무쳐서
제때 먹어야지
물 생기고 풀 죽으면 맛이 없어
오래 두고 먹을 수 없으니
사는 게 거기서 거기구나

아버지의 경운기

흙먼지 풀풀 날리는 하굣길
저 멀리서 아버지의 경운기가
부른다
딸딸딸딸
딸딸딸딸
아빠 아빠 손짓하는데
들리지도 않는지
아버지는 옥좌에 앉은 임금처럼
근엄하게 앞만 보고 가신다
뛰어가면 곰방 따라 잡을 수 있을 것 같아
냉큼 논둑을 가로질러
아버지 등 같은
경운기 뒷자리에
짐짝처럼 올라탄다
들썩들썩
덜컹덜컹

저랑 놀아주는 길 따라
신바람 난 경운기
혹여 떨어질까
아버지 등 뒤로 바싹 붙어
집으로 가는 길
숙제해야 되는데
어느 천년에 닿을까

과년한 딸 두고
아버지 등짝 같은 경운기
잠자리 들썩이고
걱정이 덜컹 내려앉는다

바람

평생을
남 못주지 껴안았어도

다른 상 차려
다른 밥 먹고
다른 똥 싸더라

뉘우치는 밥

살다보니 웃는 게 더 힘들구나

애쓰지 않아도 울음은 터지는데
애쓰지 않으면 웃음도 젖겠구나

좋은 풍경
깨끗이 씻어 버리고
나를 뉘우치는 밥이
질다

웃는 게 더 힘들구나
웃음도 젖는구나

하루살이도 하루만치 후회를 한다
짊어질 건
벼락인들 짊어지고 가라

인생 뭐시깽이

할머니 마룻바닥에 신문지 깔고
꼼지락 꼼지락
나물인지 뭐시깽인지
초라한 꼬라지가
몹쓸 자식처럼 생겼는데
솎아 내고 매만지고
쪼물딱 쪼물딱
구석에 처박은 마른걸레처럼
쪼글쪼글한 뒤태

입맛 없다 하면서도
세 끼 꼬박 챙겨먹고
발딱 일어나지는 못해도
여기저기 쑤시고 다녀
가래 끓어도 속 시원히 뱉지 못하고
저승에 걸린 듯 켁! 켁!
에구에구 나 죽겄네, 한소리 또 하는데
성한 게 더 이상하지

삶에 구정물 튀었는지
씻어도 태가 안나
곯은 냄새 풍기면서
뭐가 그리 못마땅해
기운 없다 누웠어도
벌떡벌떡 악을 쓰고
다 큰 자식들 얼씬 안 해
밭에 나가 정붙이지

비와서 걱정
태풍불어 더 걱정
상다리 짚고 일어나도
나서기는 할 모양인지
짐은 쌌는데
머뭇거리는 것 같아
둥굴게 말린 뒤태
발로 뻥
차 주고 싶은 거야

흥정

아따 그 놈의 배가 많이 불렀소
흠 하나 없이 잘 생겼구만

말해 뭐한당가
시장통서 젤로 삐까번쩍한 배여

고놈 서둘러 챙겨 가야 쓰것네
차비나 좀 빼줘잉

그런 말 마소
그럴 놈 아니여

빼기 싫으믄 더하시구랴
좋은 놈으루다 하나 더 넣어줘잉

깎을라믄 덜어가소
덜 부른 놈으루다 놔두소

독혀 독혀 잘 살 것소
낼 모레 추석인디
보름달이 배부르것소?

제 값 주고는 못 가지
사는 게 지랄이여
차비나 좀 빼줘잉

오늘

생의
마지막 하루를 보내고 있는지도 모르겠다
밥 한 공기 삽으로 뜨고
냉큼 일어서야 할 자리
입안을 헹굴 여유 없이 텁텁한 채로
대문을 나서야 할지도 모르겠다
내일의 약속이
저 문을 나서지 못할지도 모르겠다
늘 익숙했던 것들은 외로워지고
눈을 비껴날던 새들에게
구름에게
마음 한번 더 주고 싶을 지도 모르겠다
나 앉았다 일어서는 자리마다
남김없이 쓸고 닦는 이,
있을지도 모르겠다

가자
가자
그만 가자, 면서

생의 마지막 하루를
탈 없이 보내주고 있는지도 모르겠다

모기 한 마리

죽기를 각오하였는지
모기 한 마리가
필사적으로 덤벼든다

에엥 에엥 에에엥

다 죽어가는 신음으로
살려는 의지 같잖다

꿈도 꾸지 마라

빗나간 헛발질에
괴로움으로 피가 쩔쩔 끓는 밤

마음을 끄고 누웠어도
큰 결심을 한 듯
이불을 박차고 일어났다

모기 한 마리 때문에
그 무엇도 아니고

모기 한 마리 때문에

하찮은 시

내 하찮은 욕망은 받아들여지지 않았다

못 볼 것을 보았는지
찔끔거리는 통에
물을 내리기도 아깝다
평생 오물을 뒤집어쓰고도
태연한 변기
트림 한번으로 말짱해지는 얼굴 앞에
침을 뱉기란 어려웠다
덮고 있는 것을 벗겨내면 더없이
하찮게 쪼개지는 두 쪽
하늘을 봐야만 알 수 있는 건 아니다

내가 밟아 소똥이 하찮아지고
내가 만져 먼지가 하찮아지고
내가 먹어 솔잎도 하찮아지고

이미 하찮다는 것들까지도
더는 하찮아질 수 없게 만드는
하찮게 구겨진 격정이 얼마나 반가우냐
다행이냐
이 얼마나 안전한 목숨이냐
대수롭지 않은 삶의 경계를 늦추고
지켜나갈 약속 따위는 잊어버린 하찮음이란

버려져도 좋았다
하찮아질수록 나는 강해지고 있었다

똥이 시를 쓴다

우스갯소리가 아니다
먹은 만큼 버리고
묵직한 아랫배를 거덜 내자는 것이다
똥통에 빠진
사랑스런 한 덩이가 되자는 것이다
모양새 구기며 힘준 만큼
다리가 저린 만큼
딱 그만큼만 살자는 것이다

개집 앞에 개똥 널리듯이
그 꼴 그대로
풍경이 되자는 것이다

이웃집 목련

우리 집 목련이
자기네 담을 넘었단다
꽃이 떨어져 너저분하다고
쓸어도 다 쓸리겠냐고
구시렁구시렁
옆집할머니 타박소리가
내 집 담을 부리나케 넘었다
목련은 등이 켜지듯
마당을 밝히는데
그 환한 낯짝에 심술이 났는지
어둑어둑한 얼굴로
쪼르르 달려와 성화하는 통에
못 견디고 잘라내고 말았다
생전에 어찌나 밝았는지
그 집 마당에까지 불이 꺼지는데
어느 날부턴가

밧데리가 다된 듯이
깜박 깜박 하더니
지금은 어디 요양원에 계시는지

피는 것도 유별나고
지는 것도 유별난 목련으로
어느 집 담을 넘고 계시는지

생각

가슴이 큰 게 문제였다
출렁출렁
제 몸에 발 담그는

들키지 않고는 뛸 수 없었다
눈앞에 벌어진 광경을 건들지 못하고
호흡이 들통 난 채
교정을 통째 매달고 달렸다
저 혼자만 넓은 운동장에
먼저 달리다가
먼저 지치다가
젖가슴이 뒤로 넘어졌다
흙 묻은 수치羞恥

나도 갈래
나도 따라 갈래

엄마 젖가슴에 버려져 엉엉 울고 싶었다

졸고 있는 상상을 깨면서
녀석들은 피식거리며
구르는 가슴을 눈으로 차 버렸다
건전한 오락이었다

그만
운동장을 놓아주고 싶어

체육시간이면 부끄러운 가슴이
늘 철봉에 매달려 있었다
떨어질 듯 떨어질 듯

가리거나 막힌 것이 없이도 쉽게 나서지 못하는 것이었다

아버지

속에서 그릇이 깨지는지
그는 찬장 같은 입을 닫고 있었다

어둠이 나를 감추기 전에
얼른 집으로 끌어들이던
나 있는 곳으로 옳게 떨어지던
단단한 밧줄 같은
그 매듭 같은 목청으로
이제 내 이름을 부르지 않는다
틀렸다고
그게 아니라고
회초리 같은 얼굴 만들지 못하고
삶이 주는 대로 받아먹는 고요

침묵이 고함이 될 때가 있다
어떤 고함도 힘을 못 쓸 때가 있다
천둥소리마냥
마음이 놀라 이불을 푹 뒤집어 쓰게 만드는

빨래

점심상 물리고 나른해질 즈음
해가 앞마당에 발라당 드러눕는다
땀이 줄줄 흘러 고이다 못해
뱃길로 노 젓는 오후
팔자 좋게 뒹굴거리더니
젖은 자리 찾아 마당을 기웃기웃하더라
얼마나 죽어라 껴안았는지
아침나절에 넌 빨래가 어느새 말끔해져서는
어깨 으쓱 하는 거지
속옷이며 양말이며 반바지가
발딱 일어나 빨랫줄을 내려오는데
잘 마른 빨래
가슴팍으로 거둬들이는 일이
어찌나 따뜻한지
한숨 늘어지게 자려다가
하루를 껴안았다

밥값

밥값이 넉넉지 않아
세 끼 챙겨 먹기가 염치없다

덜 먹어 배곯으면
긴 하루

세상 밥 먹은 지 사십 년이 되고야
그 밥값
비싼 줄 알겠다

눈을 부릅떠도 가물가물한
청춘이
잠든 동안에 멀리 풍경으로 보인다

계절도 밥값을 하느라
몸을 바꾸고
동네 개들도 밥값을 하느라
때 되면 열렬히 짖는다

밥값도 제때 내야
더운 밥 먹지 싫어

속을 뒤집으면
먼지만 풀풀 날리는 중생이
땅을 치고
후회의 값을 치른다

산책

바람이
순순히 손을 잡아끌어
구불구불한 들녘을
휘바람 불듯 휘휘 돌았다
차고 넘치는 풀들
이름은 몰라도 뉘집 딸인지는 알아
막걸리 같은 하늘
한 사발 푹 떠서 들이키고
취기에 다같이 어울려 놀았다
이파리 한 장씩 떼어내며

사랑한다
사랑하지 않는다
사랑한다
사랑하지 않는
사랑 안하지 않는다

개미떼가 피식 피식

죽을 각오로 모여들고

참새가 지랄맞게 웃다가

나무에서 떨어진다

논두렁이 무르익고

밭고랑에 단물 고여

밥도 짓고 나물 볶아

소소한 밥상 차려

떠 먹여 주고

더 먹여 주고

애인 없이도

몸이 달아오르는 저녁

먹을 게 지천으로 깔려

배 터져 죽을 것 같아

집에 가다말고 똥을 쌌다

살맛

물 잔뜩 먹은 복숭아

한 입 베어 물때마다
단물이 뚝뚝
물컹물컹

이 없어도 잇몸으로 쪼개지는
씹을 일 없이 물크러져
후루룩 꿀꺽

숟가락으로 푹푹 떠지는
사랑
젊어서 단물 꽤나 흘렸으리라

달다 달아
맛있어 맛있어
목구멍에 쓰러져 좋아 죽어

얼굴이 떠들썩
마음이 왁자지껄
들켜 버리는 맛

삶은 뒷간이다

눈으로 싸고
마음으로 싸고
꾹꾹 눌러 속앓이 하는 동안
세월이 내 앞에 찰진 똥 누고 지나간다
변비도 길이요
설사도 길이라고
끙끙거리다가
지나치게 퍼붓다가
시간이 비우고
시간이 채우는 길
너를 잃고 너를 싸고
너를 싸고
또 너를 먹는다
욕심껏 처넣어도 배 아프지 않고
아프게 싸질러도 가슴 꺼지지 않는
너는 내 밥이다

찰진 똥 누게 하는
찰진 밥이다

송구한 시

나이가 든다는 건 신나는 일이다
밤이 되어도 별은 늙지 않고
그리움이 흘러 베개를 적실 줄도 알고
저 혼자 풀어낸 사연이 깊어가니
나이가 든다는 건
참으로 신기한 일이다
시간이 지나는 길
막힘없이 뚫려 있음을 알고
부모의 삶이 온몸에 박혀 숨 쉬는 것조차
부끄러움이 되니
이전엔 꿈엔들 갖고 오지 못했었다
밤에 부는 바람이 낮의 그것과는 다르고
먼저 버릴 줄도 알고
배고픔이 있어 배부름을 알게 하니
한 치의 양보도 없이 흐르는 시간 앞에
꾸벅, 절이라도 하고 싶다

어릴 적엔 시를 쓰고 싶어 그리 안달했어도
도무지 시라고 여쭙기 가난했거늘
염치없이 나이가 드니
때로 원하지 않아도 시가 쓰여진다
흐르는 세월 흐르면서 고이도록
잦은 괴로움에 털고 일어설 빈손만 구겨내며

그래도 산다, 했다